La Bonne Vieille

UN CONTE DE MARIE COLMONT
ILLUSTRÉ PAR G. DE SAINTE-CROIX
ÉDITÉ PAR FLAMMARION

ALBUMS DU PÈRE CASTOR

© Flammarion 1958. Printed in France.

ISBN : 2-08-160251-6 — ISSN : 0768-3340

DEPUIS quinze jours, il pleuvait. Au fond de sa petite maison — celle qui est tout là-bas dans le milieu de la forêt — la Bonne Vieille tricotait en se balançant ; son fauteuil à bascule faisait « Rron ! Rron ! » sur le parquet bien ciré, le feu pétillait dans la cheminée, et il y avait dans les armoires et dans la grange assez de provisions pour durer tout l'hiver. Sous sa grosse robe chaude, avec son fichu à fleurs noué sous le menton pour lui garer les oreilles des courants d'air, elle se sentait à l'aise et guère en peine du lendemain. Aussi fredonnait-elle une petite chanson guillerette, quand tout à coup :

— Pan ! Pan ! Pan ! quelqu'un frappa à la porte.

— Ho là! Ho! fit la Vieille en sautant. Qui va là?
Mais pas de réponse. Il fallut bien ouvrir.

— Hé là! Ho! ma pauv'bête, dans quel état te v'là!
dit la Vieille.

C'était un pauvre Cheval, si trempé d'eau qu'il lui
coulait quatre ruisseaux des quatre pattes et un cinquième du bout de la queue. La Vieille était bonne
(c'est même pour ça qu'on l'appelait la Bonne Vieille).
Elle mena le Cheval dans la grange, lui frotta le dos
d'une poignée de paille, lui mit le nez dans un couffin
d'avoine et le laissa mâchi-mâchant son bon repas.

A peine avait-elle repris son ouvrage («Rron! Rron!»
faisait le fauteuil à bascule sur le parquet), que tout à
coup :

— Pan! Pan! Pan! quelqu'un frappa à la porte.

— Ho là ! Ho ! fit la Vieille, qui va là ?

Mais pas de réponse. La Vieille alla ouvrir.

— Hé là ! ma pauv'bête ! comme te voilà faite !

C'était une Biquette noire et blanche, si trempée d'eau qu'il lui coulait quatre ruisseaux des quatre pattes et un cinquième du bout de la barbiche. La Vieille mena la biquette dans la grange, lui frotta le dos d'un vieux sac, lui mit le nez dans la crèche au foin et la laissa brouti-broutant son bon repas.

« Rron ! Rron ! » refit le fauteuil à bascule, cependant que la Vieille reprenait son tricot. Mais la minute d'après :

— Pan ! Pan ! Pan ! quelqu'un frappa à la porte.

— Ho là ! Ho ! fit la Vieille. Qui va là ?

Naturellement, pas de réponse. Il n'y avait que d'aller voir (et ça faisait un drôle de bruit là derrière…)

— Hé là ! dit la Vieille, mon pauv'animal, d'où qu'tu sors ?

C'était un gros petit Sanglier, si trempé d'eau qu'il lui coulait quatre ruisseaux des quatre pattes, et un cinquième du bout de sa queue torse, et encore un sixième du bout de son museau noir. La Vieille le mena dans la grange, lui frotta le dos d'un vieux jupon (et le Sanglier a la peau si dure que ça déchira le vieux jupon en miettes), lui mit le nez dans une caisse pleine de glands doux et le laissa, grogni-grognant, croqui-croquant son bon repas.

— Ouf ! dit la Vieille en se laissant tomber dans le fauteuil (« Rron ! Rron ! » sur le parquet...); vais-je enfin être tranquille ?

Pensez-vous ! Cinq minutes après :

— Pan ! Pan ! Pan ! quelqu'un frappait à la porte.

— Ho là ! Ho ! fit la Vieille. Qui va là ?

Mais comme personne ne répondait, elle alla vite ouvrir.

— Hé là ! mon pauv' toutou, de quoi qu't'as l'air !

C'était un Chien-à-longues-oreilles, tout penaud, tout frileux, et si trempé d'eau qu'il lui coulait quatre ruisseaux des quatre pattes, et deux encore du bout de ses longues oreilles.

La Vieille le mena dans la grange, lui frotta le dos d'un vieux chiffon, lui mit le nez dans une écuelle de soupe bien chaude (avec deux morceaux de sucre sur le côté pour le dessert) et le laissa mangi-mangeant son bon repas.

Mais cinq minutes après encore :

— Pan ! Pan ! Pan ! quelqu'un frappe à la porte.

Et quand la Vieille alla ouvrir :

— Hé là ! mon pauv' minet, dit-elle, qu'est-ce qui t'arrive ?

C'était un petit Chat gris si trempé d'eau qu'il lui coulait quatre ruisseaux des quatre pattes et un encore du bout de chaque poil des moustaches. La Vieille le mena dans la grange, lui frotta le dos d'une vieille chaussette, lui mit le nez dans une tasse de lait et le laissa lapi-lapant son bon repas.

Puis cinq minutes après :

— Pan ! Pan ! Pan ! fit-on de nouveau.

Mais cette fois c'était à la fenêtre, et tout doux tout doux ! La Vieille ouvrit donc la fenêtre :

— Hé là ! mon pauv' oiseau, t'es ben arrangé !

C'était un Pigeon Ramier couleur d'ardoise, et si trempé d'eau, celui-là, si trempé qu'il lui coulait un ruisseau du bout de chaque plume, et deux aussi de ses pattes roses, et un encore du bout de son bec (et le total, je ne peux pas vous le dire, c'est trop compliqué). La Vieille le porta jusqu'à la grange, lui frotta le dos d'une poignée de mousse, lui mit sous le bec une soucoupe de millet et une autre de chènevis et le laissa piqui-piquant son bon repas.

Après ça, il ne se passa rien pendant longtemps. La Vieille avait repris son tricot et le fauteuil à bascule faisait : « Rron ! Rron ! » bien régulièrement sur le parquet.

Mais petit à petit voilà qu'il vint de la grange tout un lot de gémissements : le Chien hurlait comme les soirs de pleine lune, la Biquette criait : « Mêê! » à fendre l'âme et le hennissement du Cheval avait l'air d'un sanglot. C'était lamentable.

— Qu'est-ce qui se passe ? dit la Vieille en allant voir.

Or, ils étaient tous là, bien secs, poils ou plumes bien luisants, et toutes leurs auges ou écuelles bien vidées. Alors la Vieille se mit en colère :

— Quoi ? cria-t-elle. Je vous ai secourus. Je vous ai séchés et nourris et vous n'êtes pas contents ? Qu'est-ce qu'il vous faut encore ?

Si ç'avait été le soir de Noël, naturellement, les bêtes auraient pu parler et répondre; mais ce n'était qu'une nuit comme les autres et tout ce qu'ils pouvaient faire, c'était de rester là avec leurs gémissements timides et leurs yeux suppliants (même le Chat, qui a d'habitude un petit regard canaille...).

Heureusement, on répondit pour eux. L'Armoire-aux-provisions dit en grinçant :

— *Un petit peu plus que le pain de tous les jours...*

Le Feu crachota :

— *Un petit peu de chaleur aussi autour du cœur...*

Et le vent qui voit tout, depuis le temps qu'il se promène par tous les pays de la terre, siffla dans les fentes:

— *Un petit peu d'amitié...*

...UN PETIT PEU PLUS QUE LE PAIN

UN PETIT PEU PLUS DE CHALEUR

...UN PETIT PEU D'AMITIÉ

J'ai dit que la Vieille était bonne, mais là, vraiment bonne. Elle regarda le beau parquet ciré de sa demeure, puis les bêtes aux pattes boueuses et, haussant un peu les épaules fit :

— Allons, venez...

Elle s'assit dans son fauteuil et prit un vieux livre de contes. Le Chat sauta sur ses genoux, le Ramier se percha sur son épaule. Le Cheval s'adossa contre la cheminée, croisant les pattes de devant, avec la Biquette en face. Le Sanglier, qui a facilement trop chaud, se mit en travers de la porte, et le Chien-aux-longues oreilles, avec un petit soupir heureux, s'allongea sur le tapis. Alors, levant la main dans ce beau silence plein de douceur, comme une grand'mère au milieu de ses enfants, la Bonne Vieille se mit à conter une histoire :

— Ecoutez tous... Il était une fois...

Aubin Imprimeur, Poitiers — 01-1997. Dépôt légal : 4ᵉ trimestre 1958. — Flammarion et Cie, éditeurs (Nº 0201). — Nº d'impression P 53024

Loi nº 49-956 du 16 juillet 1949 sur les publications destinées à la jeunesse